# 星辰与玫瑰

龙少 著

长江出版传媒

长江文艺出版社

**龙 少**

1985年生于陕西西安。入选第十届十月诗会、第四届全国青年散文诗人笔会。曾获第五届陕西青年文学奖、中国春泥诗歌奖等奖项。

# 目录

# 辑一　流水和琴弦

辑二　沉默，没有范本

## 辑三　星辰与玫瑰

# 辑四　晚冬的月亮

辑一　流水和琴弦

# 初 春

白鹭飞到河对岸。也只是河对岸
树丛前的空地上有春天开始的样子
荒芜与鲜绿交织延伸
不饱满的明亮，也可以让人心生愉悦
河面上流水带着晨光，一起解冻
最近的那些光，落在我们之间
在我靠着你的时候，我们中间的距离
容得下草丛，伸展懒腰

# 晚　安

一条河，分出它的星辰给我
我看见月光，带着清澈的影子
盘踞在山坡下。一条正在经历黑暗的河流
是潮湿的，它日夜奔走的繁忙也是潮湿的
我听过河水的呜咽，我没有把它挪到纸上
这呜咽分走了我身体里，大部分的词
我需要缓缓流淌，遇见归来的人
对他说，晚安。

# 夏日的琴弦

山顶承接了夜晚的光芒

在那儿，星星垂下它的翅膀

和晚风中飘动的树叶一起

被远远的车灯点亮

路过时，我听见了它们的低语

像羽毛间滚落的果实。如果你也刚好听见

这夕阳燃烧过的时刻，花朵正竖起夏日的琴弦。

# 也是爱

夕光走下台阶，你看到幽静尾随着它
看到村庄，青蓝色的烟雾
轻柔升起又缓慢散去
你分辨不出什么声音低低飞过
这是属于草木的时间
空气里布满了你喜欢的味道
你的思绪，依附着梧桐叶翻动过的光线
小心波动。像幻觉
像一种朦胧而又无法描述的愉悦
你爱上这些愉悦
你身后有白白的人间

# 夏　夜

我们坐在阳台，月亮升起在对面的山顶上
月光下，大片的麦田
和树林，像卫士
在我们周围，永恒的夜里站着
我们说过什么，已记不起来了
风经过时，送来一些花香
和新鲜的水声，蚊虫飞过我们身边
夏天缓缓长出了翅膀。

# 三　月

我不太善于与一朵花交谈
三月雨水是美人的泪，划过玻璃窗
有满心满眼的娇媚

廊下花草，会在雨后盛开得多一些
我准备在木槿花旁，放张竹椅
在屋檐下，搭个鸟巢

时间总要在明亮中悄悄荒废
晴朗的日子，可以在花影中
种瓜种豆
下雨时，从一大片水波里
等雀鸟，飞回檐下

如果风来得轻柔些
我们还会看见，云朵和云朵
在远处山顶上相遇
纯白纯白的身影，不带任何杂念

# 风　景

水流很静。水流与房子之间
是一大片低矮的白皮松园子
和几排整齐的垂柳
我有时坐在阳台
等深蓝色的天空落进茶杯
有时带着黄昏和鸽群走向河边
那是极为幽静的去处
山在远处，小野花在裙角
一切恰当而完美，像谁提前安排好的
我喜欢站在那里，被路过的风
轻轻吹着，像适时的问候
被我拦截。也会在起风的时候
数一数水面上远远近近的波纹
像缓缓的爱，一遍一遍向我靠近
我就那样站着
多少次，我站在自己的风景里
等轻烟从村庄慢慢升起

# 秋　风

鸟鸣覆盖着鸟鸣。光就从玻璃窗后
倾洒了下来，因为太过明亮
更像一只带有裂纹的杯子
植物们开始落叶
也是在丢弃一些悲伤的东西
我们坐在院子里
周围是红的、黄的叶子
有一瞬，我以为
整个秋天落在我们身上
我们带着它们，它们带着自己的影子
我们同时被一场秋风拥抱
发出细细的声响

# 在黄昏

你可以是星星、晚霞、鸽子或低飞的蜻蜓
风高过屋檐，你也是枝头哗啦啦的树叶
如此简单。葡萄在夜里悄悄换了新衣
玉米仍是田地里揣着口袋的妖精
顺着落日的方向，所有植物都小心翼翼裁剪
流水的尺寸。近似枯萎的
安静，在反复折叠每一片羽毛的重量
暴雨过后，你对所有到来的黑夜
怀有短暂的，恻隐之心

# 片刻欢愉

晨曦落在窗外，茶水已经煮沸
我在书桌前整理昨晚看过的书籍
我已经从这些文字和情节里退出来
需要独坐，享受寂静
一个人的寂静，是晾在阳台的棉布裙
透过的光，明亮和柔软都恰到好处
我端起茶杯，我的影子落在地板上
带着细小的弧度，被风缓缓吹起
如果这时有人进来，我会不会和他分享
这片刻的时光，像孩童般致以纯真的笑容

# 在书里读到山雀和好看的橡果

我们在落雪的夜晚说到海

纯粹的蓝，和一种永恒色调的神秘

说到一个男孩在夏天对蓝色的敬畏和执迷

我想到他的安静，甚至因为过分安静

而拥有的孤独

后来，我在书里读到山雀和好看的橡果

像我童年在山里见过的那样

自由而轻快，藏着风起伏的弧度

和降落后的安静

我想到这两种安静的相似与不同

想到十一月的夜晚适合下雪

适合安静

适合两个人的思绪

"走出城市最远的灯火"①，归来后

依旧用蓝色，建造自己的房子

---

① 出自罗伯特·弗罗斯特《与黑夜相识》。

# 背景板

当他独坐，沉默替代了周围
清白的月光。更像是一种半透明的飘浮物
落在咖啡色的茶几上。完整的一天就要结束
车声和细碎的风声，使这里显得异常寂静
仿佛所有的事物已经落定
又仿佛世界，只存在于一场偌大的虚无里
他不知道此刻，思绪该从哪里起伏
所有微弱的明亮，都在成为黑夜的背景板
而很多次，他只是习惯低低地走过院门
等月光将几棵老树的影子
放入水塘

# 女王菊

我不需要与自己挨得太近
我想听雪落的声响
听风从远处牵来，更宽阔的镜面
像沉默的羊群，路过我的窗外
在清晨或傍晚，让我相信阳光
一定是柔软的微火，同落叶探讨着人生
我也会在梦里看到，尘封已久的伤口
像过期的面包，有着无法回味的痛感
而你这几天，绽放在我的阳台上
满身绿意，如年少的情事

# 午 后

在院落，在触地吊兰

和树木之间，阳光完整地

捡起我们的影子

均匀而细腻，没有绕过任何事物

风是柔软的，踩着云朵，田地

进入我们倦怠的身体

我期待在这时坐下

同它们一起，坐在这些

看起来并不虚空的细节里

我相信，没有人会从我们中间穿过

即使最近的树枝上，一颗枯萎的

黑褐色的石榴在枝头晃动

我们说，那是舍弃

又是深深的恋眷

# 自言语

我要走得慢一点，才能听见林子深处
沙沙的声响，听见鸟鸣
倒挂在最近的枝头
微凉的寂静，让人身心安宁
在那里，我可以小半天都不说话
等夕光从不同的角度照射过来
将各种相互碰撞的影子
远远近近地延伸出去
有时，我比半空的云还要透明一点
它在自己的镜面上，尽情白着
而我经过一只鸟的身边
它并没有急急地飞走

# 惊　蛰

大风吹起枝丫、蒲草和日渐破败的老房子
慢慢回暖的气息，在旷野和枝头之间流转
远山泛绿，像遥远的秘境重新回到尘间
你走过石桥、小径
你停在玉兰树旁边
一只白鹭在不远处的水面上
低头，踱步
然后高飞，像接受某种命令
你看见花苞间闪耀的光落下来
鸟鸣落下来，仿佛这一季美好
都隐藏得如此轻盈，而温驯

# 鸟

那是傍晚，一只鸟落在我的窗外
浅灰色的羽毛，被风吹动
像是一种爱的安抚
它背对我
鸣叫声有着失神般纯净的美好
我们没有惊扰彼此
存在就足够令人惊喜
当夕阳退回远山
我们也退回自己，落满薄雪的体内
只是很多次，在反复行走的路上
恰好看见一只鸟，飞回了自己的鸟巢

# 安 宁

栀子花的香气，让夜晚通透又有了幽静的
去处
你站在那里，你想象一个人
穿过金黄稻田的人，走在归来的路上
风吹过他的衣角，也吹过树枝间
明晃晃的圆月。仿佛那一刻
尘间的安宁，沿着梧桐树叶
落在你的庭院
让你相信，总有美好
在看不见的地方悄悄生长
并带着柔软的爱意，轻敲你的窗台

# 落　下

仿佛瞬间，它就完成了它的枯萎
绽放用了多久，我不记得了
那几天阳光是慵懒的，人也是
只有天，一直蓝着
透心的安静像刚刚刷洗过
我坐在黄昏的空旷中
听微风为落花唱着哀歌
再也不必担心，那些高处的花朵
什么时候回到地面
低处的草木，何时高过院门
风吹过你的背，你只是自己的故人

# 立春日

光线洒在淡蓝色床单上
空气开始有了温暖的味道
床单下面，萱草开始冒出嫩芽
仿佛尘世有了更多的欢愉

天空垂下来，像羽毛般轻盈的雪纺
人的心思也变得单纯起来
也许我们的日子就是这样的蓝
或者青。缓慢的日子里
我们安静地坐着，听琴声
从不远处传来
你的脚，开始在软垫子上动来动去

# 晨　曲

风把几片叶子送到窗前

还有慵懒的蝉鸣

翻过山顶的云

和你刚洗完的格子裙滴下的

透明的声响。是乐声吗？

这缓慢的、细碎的美好

是羽毛落在湖面

鸟儿飞过树顶

是所有缓慢的柔软

"正从无法想象的隐蔽处，向上，飞升"①

在你没有看到的地方，很多瓣落花

也从隐蔽处飘荡，盘旋

将整个早晨，挂在玻璃窗里

---

① 　出自史蒂文斯《布兰奇·麦卡锡》。

# 昨夜帖

风经过屋檐，带给我好闻的花香
和木质纹理。我头顶的天空
在绿叶和枝丫间相互穿梭。而生活
偶尔在夜里，瓦解自己的秩序
给我重新选择的勇气和希望
现在，屋外是初夏
充满爱和阳光
像一颗等待成熟的果实
我时常向它索取
它似乎并不着急
让我回报。一些雨声会在傍晚
馈赠我寂静与平和。天知道
我为什么会在傍晚变得不安
夜晚用它的柔软接纳我
当我睡去时
我渴望，远方的海
带着久违的光芒，在我的身体里
轻声落下

# 平　静

蓝色的玻璃窗后面，是清晨

留给阳光的念想，她时常站在那里

看窗外的景色，如何行走到一棵树上

也曾平静地接过下雨时

一些风递过来的，浓密凉意

她也偶尔，想起某个夜晚

月光从树影里，缓缓走来

那样庞大、洁白

有不可触摸的冷

她觉得更远的山上，或林子里

一定有她没有见过的月光

更加明亮、松软

带有温和的爱意

她仿佛听见它们，正慢慢流淌

经过小路、溪水，经过飞溅的水珠

和丛林深处的小木屋

# 风　声

风从树枝间不断吹过
落在枇杷树下的草地里
落在开花的刺梅上，刺梅开了多久
没有留意过。我已经忘记细数过的黄昏
是否带有空白的记忆
就像此刻，我想数数一株
并不完美的刺梅
在五月的傍晚，起风之后
在天空被晚霞变得，不那么明朗的时候
仿佛一世寂静，都在这时落了下来
沿着用久了的日子，和打皱的棉麻裙
落在花苞上，落在已经枯萎的干花上
应该从何处数起，已不再那么重要
过程都是经历。你仰头看见星空
也可以低头听见虫鸣
细雨过后，就站在刺梅花下
听一听风声

# 沉闷的天气里

天气沉闷。一只鸟在梧桐的影子里踱步
它们对面，黄色的鸢尾正在开花
头顶上是好几天没有被雨水
洗过的天空，那里有什么
我没有看到，云朵不会在这时爬过山顶
雨也不会落下来。至于上帝
"我深信他只住在教堂的钟里面"①
如果这时有人开窗，会看见爬山虎的藤条
在院墙上徘徊。我不知该如何走近它
那鲜绿的，又似乎天生带着倔强的植物
只适合远距离观看
天边，晚霞还没有合上盖子
我知道，我们终将在许多个沉闷里
度过一生
而那只鸟，早已没了踪迹。

_____

① 出自杰克·吉尔伯特《只在弹奏时，音乐才在钢琴中》。

# 日　子

我的邻居开始剁菜
早晨或傍晚，声音迟钝而有节奏
我偶尔靠在沙发上，细细聆听
想象缓慢而坚定的日子
在一把刀和一块木板之间发生
是幸福的事情
平常，简单，又理所当然
像雨水落下，石头回到山中。

# 迟　钝

是人间，迟钝的烟火
风声溢满窗台后，我无法察觉新鲜雨水
和新鲜泥土饱含的，无止境的
宽容性。仿佛靠近便是一种合理的伤害
去年种的紫罗兰，已在前天悄然凋敝
我不知道花朵，如何获取重生的解药
午夜的天空，是怎样遮住我梦境的屋檐
我期待那些爱过的事物，能在静默中重生
断翅的飞鸟，从暮色里准时返回巢穴
而我还不能像一棵树，冬天就开始积攒力气
不能从灰色的傍晚，变得欢喜
我揣着我的悲伤，它迟暮、苍白
寒意丛生。

# 明亮是件奇怪的东西

除了鱼缸的水声，你没有听见别的声音
夜晚是适合孤独的，适合在一个人的内心
落下风雨。靠着沙发
将一本看过的书，从末页翻到中间
喝点茶，再将它翻到首页
有车声响过时，你将灯光调亮了些
花架上的黄玫瑰，绽放得刚刚好
光照过来，像为童话开场做好了铺垫
远去的东西已经很远了，只有这
简单的明亮，让寂静也如此诱人
你知道，"当夜晚裂成碎片，纷纷落下"①
鸟鸣就会透过窗棂，挂满晨曦
而现在，明亮是件奇怪的东西
在深沉的夜里，先是光，穿过了光
再是你，穿过了你自己。

---

① 出自路易斯·博根《胡安之歌》。

# 风

风停在那里，反复侍弄枝头的花朵
我站在路边的草地上
从几片叶子缝隙
看天空如何让一朵云肆意舒展
这不是我第一次站在这里
却是第一次在这里认真仰望天空
有那么瞬间，我忘了我
忘了风，河流和未曾收到的旧信
是否在某处经过我
不知道那片云是不是和我同样
善于遗忘，善于在微小的事物间
短暂停留。但我知道，
总有一些鸟儿
会在傍晚，落下它的羽毛
像我睡去时，昆虫和星辰
仍在远处，轻轻摇晃

# 黑暗中

路过山坡时，我的马因为失眠
而在黑暗中，啃食着月光
蝴蝶一样闪烁的月光，从山坡上铺了下来
携着永恒的虫鸣，倒垂在马背上
我打算止步于此，像一只矮小的松树那样
在风中开阔地生长。月光使我的马
看起来尊贵又肃静，像绅士
也许它不知道，在我梦里
它是带着光斑的精灵
或者，我并不打算将它写进诗里
这样奇妙的存在，一次就够了
如果还有，我希望是
更深的月光里，我可以抚摸它
光滑的鬃毛。

辑二　沉默，没有范本

# 落雨的午后

雨落很急的时候，我正在书房擦地板
没有比这更好的事情，用来打发时间了
我穿青色的睡衣，轻轻擦拭着木地板
一点点面包屑是早餐留下的残物
凌乱的书是昨晚翻过的
这一刻除了雨声，我没有听见别的声音
我时常沉默，思维缓慢
我要经历的，别人已经经历过了
而别人遗弃的，我还握在手心
当我带着我的孤独，活在自己的日子里
我的朋友，为什么
你没有喊我一声
我的朋友，为什么
你还在我的骨头上种植着蔷薇

# 流　淌

我听见鸟鸣，一两声低沉的声音掠过
像对天空的一种试探
晚风也分出它的低音区给我听
我站在河滩，流水的弧度
轻轻擦拭着夕光脚踝
还有什么在轻轻流淌？
芦苇和蒲草在傍晚的夕光里
安静起来，远处的羊群正向我靠近
它们走过的小路，曾是我归家的捷径
我在这样的时刻，留恋着一个初秋的傍晚
那些时节营造的美，在傍晚的每一片田野中浮动
辽阔的沉寂，有着果实落地的喜悦
而我站着，像一枚橡子
打开了内心的坚实。

## 沉　默

习惯性推开院门
等阳光晾晒在葡萄架上
南瓜花和木槿的香气
也会到院子里来逛逛
一同进来的
还有邻居家黑色的小猫
它总是探探脑袋
就趴在我的椅子旁边，宛若故人
月季正在开花
（有时我以为它会是刺梅）
浓郁的味道反复点燃早秋的空气
我偶尔站在那里出神
你也会那样站着
我们都沉默
我们都不知道对方在想什么

# 归　来

春日的泥土总是新鲜的，即使它通往墓地
我们踩着雨水往回走，像踩在大地的血上
风吹过路边的树，将树的倒影
存放在最近的雨水里。扫墓归来
每个人的脸上都落着一层乌云
雨水在替我们哀伤已故的亲人
我们在茶几前坐下，没有人说话
玻璃杯里的白开水，散发着热气
静默。没有人喝茶。
也许我们的一生，都像在水里
先活过积雪、暴雨，再活过自己的泪水
直到别人用泪水，将我们归还给土地
想起晴天里，阳光将影子安放在我们身后
是多么难得的时刻，我们用自己的阴影
证明自己活着，又在夜晚用深沉的梦
深信自己也同样活在死亡里。

# 缺　口

这湿漉漉的雨，好多天都在敲同一扇窗
天空低沉得悲凉。石榴一颗一颗从树上掉下来
那是怎样的一种缓慢和沉重
又是如何挣脱整体生命而被我看见
我们并不能从这种枯萎里感受到
疼痛的节奏。它们曾经饱满、年轻
有着清澈的新鲜和骄傲
让我以为自己，也是颗石榴
远远的，挂在你所喜欢的枝头
可是，是什么让这种默契的想象
发生了细微的变化
风停之后，我们和石榴
落在各自被归宿的地方
仿佛生活早已为我们准备好
完整的缺口，以供下一个黄昏
雨水可以送来新的音符

# 暮晚时的雨

我的悲伤不长翅膀
也不与任何事物交谈空气的味道
只储存大麦、玉米和眼泪
只许阳光照进来，带着它的橡树
和捧着书本的手，带来雨水
刷洗降落后的炊烟，而我像雨后的蕨类
或独处的圆石，在山谷建造自身的
星座。那因为沉默而拥有的寂静
绕过了风声的喧嚣
当我在风中藏起爱、谷仓与灯柱
阳光下的蝴蝶正向我走来
带来葡萄和平静的水
带来一些诗句，像暮晚时的雨

# 失语症

雨越来越小，有时候它也会下得大一些
风送来几片落叶，也将更多的落叶
推往别处。已经没有鸟鸣
院子里到处是湿漉漉的样子
你靠着阳台，你看见枯草间
那些凋敝的姿态，像久远的未曾提及的
秘密，又回到眼前
你没有看清它们本来的样子
也许原本就是这般模糊，不可设定
整个午后，你都与它们保持在
相同的水雾里，那样无物
贴切的沉默
再后来，在凉而静的水雾里
你爱着这样无边的沉默，苍白的空
爱着一小部分别离，以及别离带来的
暗灰色的失语症

## 风吹过葡萄架

雨水从屋檐滴下。我把花盆搬到窗外
一种圆满和安静慢慢升腾起来
仿佛有新的东西会重回它们体内
当更多的绿色盖过地面，更多的花枝垂下
我并不懂得那些光辉，是怎样的惬意和自由
闪耀着生出新鲜的味道。我转身走回屋内
期盼很多个早晨，会像现在这样
风吹过葡萄架，鸟儿还在枝头歌唱

# 夜

雨打着玻璃窗，那是夜半时分
院里的路灯带来朦胧而细微的光芒
像一种试探。我没有开灯
夜晚是属于星辰的，属于它们
用沉寂营造的平静
尽管现在看不到
但它们肯定在自己的世界里
俯视着我们，俯视每一扇窗
和窗前慢慢生长的草木
风起的声音很轻
我想象它在窗外挑拣落花的情景
是如何地轻拿轻放，如何绕过一朵
半开的骨朵，像绕开一颗浅紫色的心
而很多次，我路过家乡的河流
也会想象那些星辰曾在流水里洗漱
它们年轻的样子，让整个夜晚
都闪闪发光。

# 雨　夜

四月用自己低沉的尾声
将一场雨折放在我的屋檐
顺着雨落的声音，我想象院里的花草
在雨水中擦拭脸庞的情景
灯光下干净的脸庞，微微浮动
使夜晚，因为轻快而沙沙作响
我也曾在这样的夜晚，想念一个久远的人
为此，我用尽了自己
一生的羽毛

# 蝴　蝶

几只蝴蝶不远不近地飞着

在松柏的绿荫里，和我保持

若即若离的距离。它们偶尔静止

我也是。它们飞在我的眼前

时而消失不见，仿佛那个

和蝴蝶有关的人

以及一本名为蝴蝶的诗集，几天前

我刚刚看过，随手放在沙发上

那几天泡桐花正在落，我翻一会儿书

就到院子里数数凋落的花朵

时光变得宁静而悠长，不需要刻意

想起什么，当然也很难忘记

现在，在这半山腰的景致中

在蝴蝶的翻飞里，我想起那些诗行

并爱上它们，如同爱上这些蝴蝶

因为爱，或者孤独，我愿意随它们

一起消失，消失一如陪伴

# 低处的隐喻

雨水从石榴枝上淌下来
新鲜的、明亮的凉意在早晨的草地上滚动

像一种区分，更好地隔开了
我们和尘土的距离。我们在阳台坐着

看一场雨轻轻洒在柔软的事物上，并馈赠着
饱满的碎片。这是天空藏有裂痕的时刻

我们猜想，雨水之外
还有别的事物在继续生长

像夜晚，穿过树梢的月光
递给我们安静和圆满

我们头顶的风，也曾一次次替我们亲吻
低处的花草。

——当我们是自身低处的花草。

# 雨，及其他

一场雨，湿漉漉地挂在玻璃窗外
阳台上发育迟缓的海棠花
已有了绿色嫩芽
像一场沉默的约定
在春天来得很晚的时候
一阵风，就是一部古老经卷
我们在下雨天发呆，喝茶
享受雨声触摸思绪的最低处
人是旧人，而雨水总是新的
回忆般带我们逃离了眼前的空旷
我们安静，像雨天静止的蝴蝶
在绸缎般的记忆中游走
有时候，风也会送来一些凉意
但雨声有序，它安静地把我们的心思
细细翻检。

# 替 补

一些雨声，留在我的午夜

像等待替补的梦境，越过我思绪的站台

让我在往事里沉陷。我爱着幼时

静郁的天空，和天空里饱满的雨声

它们让我记得花朵、蘑菇和松软到安静的青苔

我已经很久没有仔细分辨，它们的气味

步入中年，我只是低头赶我的路

很少走进雨里，去聆听

我也学着清空梦境，和无数次几近幻灭的希望

"我要什么？我的双手空空。

悲伤地紧抓某个遥远的床罩。"①

而往事，开始幻化成羽翼，迷迭香

或者一辆缓慢的绿皮车，融入其中

当我低头的时候，雨水滴落在我的周围

它们又是我手里握着的

一把旧伞。

① 出自费尔南多·佩索阿《想象一朵未来的玫瑰》。

# 四月的旅途

四月的雨水正在幼苗上编织着旅途
黄昏的轮廓也不比去年更加清晰
当你从一场雨中醒来
感觉生活就剩下这些薄薄的声响
你开始回忆过去，或者给自己
沏一杯红茶。有时你也只是
呆呆地坐着，听雨水
从一根一根的窗棂滴落，消失
像永无止境的悲伤，或最低处的音符
这是寂静给自己编织的曲谱
让你想到，很多个黄昏
都像四月
一场雨水，长久地清亮着
一小片寂静，蓬勃地清亮着。

# 沉默，没有范本

在雨中，鸢尾和蔷薇也是美好的
分不清它们谁更接近夏天的味道
当雨水从最高的叶子落下
阳台上，忘忧草的花苞就又圆了一圈
这些相同的光阴，被注入，被命名
被陌生人相遇。假如时间已经静止
低飞的鸟雀将目光移向餐桌
我会以怎样的晚宴，给生活回以微笑
老桐树还在落花，我听见花朵凋落的声响
像夜晚漏掉的悲伤，而沉默，
始终没有范本。

# 静　寂

我听见细碎的声响，像马尾触碰过草尖
听见林子里，月光正将白昼的喧嚣
一点点擦拭，那最低处的光亮
是初秋等待修复的缝隙
我听见一个孩子在黑暗里
不停的哭闹声，和他母亲愤怒的吼叫
他们共同为夜晚设定着情绪
使静寂变得焦躁
后来，漫长的焦躁结束了
窗外卷边的风声，将树枝的婆娑放入我耳畔
我醒着，像虚构中翘着后蹄的马匹
在旷野的灰色里奔走，我知道
没有一匹马逃得过草地的追逐
如同我的思绪，掠不过水面放牧的星辰
无尽的星辰，依旧保持着我幼年
仰望时的姿态。

# 溪水或草木

几个割草的人，和我隔着半片水域
他们站在水中央的浅滩处
弯腰，起身
抱着草垛走向岸边的三轮车
在我数蝌蚪或者静坐的时候
他们不停重复这个动作
仿佛重复，才是合理的存在
四周，蝴蝶低飞
数不清的光线，任风推着慢慢跑
草还和往年一样，悄无声息地生长或枯萎
而我，在这午后的水域里
看见了自己，看见好多年的自己
有时是溪水，有时是草木

## 夏天开始的地方

穿红衣服的小姑娘，举着冰激凌
走过的时候，冲我笑笑
我也回了一个微笑，多好
夏天应该是从这里开始的
后来我才注意到枝头上的青色果实
和墙角丰盈的蔷薇
时节无约而至，春天见过的葱茏
现在属于叶片，许多花已经落了
丰饶是以后的事情
我看见更多果实站在高处
高处是天空的视角，太匆忙的人
还不曾察觉。现在我遇见了
这些果实，像夏日低垂的翅膀
而落日，还在远处树梢上做最后的功课
这是一天将尽的时刻，风吹过树枝
路上还有细长的影子。

# 在旷野

在旷野，迎接我的是碧绿的麦子
和金黄到极致的油菜花
更远一点，还有白皮松、刺槐
和经年的芦苇丛
芦苇还在
挖野菜的人和我隔着流水
流水上薄薄的光
我们在河的两岸走走停停
像两艘不同方向的船
我的篮子里还没有野菜
这些时节赠予的美味，我的母亲已于昨日
端上了餐桌，在母亲那里
我还是个孩子，可以安静享受现成的美食
像现在这般，无忧虑地去看一条河
和河流带来的白鹭
多好，这一刻
我们是夕光下的石头，被流水
还给了狂野。

# 春天里

我想过的春天里，有你
有雨水落下，带来月光和永恒的乐器
当雨水的声响像一曲琴音
当它自身是架钢琴，我独自坐着
写空茫茫的句子，我把这些呈现给你
借用了一本书里所有的词
尽管它们是安静的，像院里的蒲公英
而思念的凌乱如蒲草
还没有被风理顺方向
花开得那样好，绿叶裁剪着风的裙摆
亲爱，每一片闪亮都值得赞美
像你说过的海水、童年和童年的油灯
我尝试体会它们相互交织的脉络
为此，我准备了火焰、花朵和星辰
它们也曾闪烁着光亮，在我人生的每一段
时光。

## 那甜蜜微微发凉

很久了，我的老槐树站在院子里
一动不动，它只在月光下走路
带着满头喷香的花朵，像待嫁新娘
我在月光很好的夏夜闻过它的味道
那甜蜜微微发凉，有着难以企及的静默
我不知如何在一棵树面前表达我的思绪
夜晚那么空旷、迟缓
像一滴悬而未落的水
我呆呆站着，听花落，风起
听父亲沉重的咳嗽
我的父亲也曾是一棵大树
只是他从未细数自己的年轮
在很多个月光很好的夜
满怀疲惫，已替他照看过屋顶的月光

# 有灰喜鹊的午后

我的午后也是灰喜鹊的午后

它在院中的树梢上翻飞

像检阅风的节奏。我在阳台看到它

灰色的影子，小小的轻快

风吹过它的鸣叫

"它孤独的声响像一个句子悬在

感觉的边缘"①。我听到了这声响

听到一滴晨露，在花瓣间将落未落的玄妙

我也曾在山野中，仔细聆听另一只鸟的鸣叫

它云朵般的鸣叫，在枝头和草地之间

编制出优美弧线。后来

它停在一根树枝上，灰蓝色的安静

像刚刚露出地面的鼠尾草

我在不远处的草地上站着

风吹过我们周围

那些鸣叫着的寂静，将我们轻轻拥抱。

---

① 出自马克·斯特兰德《月亮》。

# 在云上歌唱

我看见光，簇拥着云朵的身躯

漫过了地平线，看见风

在自身的最高处，飞翔如闪电

一个窗口的世界，延展开无限空阔

我的视野随机翼疯涨

亲爱，我不是狄安娜的礼物

白色的风，不曾向我微笑

我在最高处翻检我的词语，它们有云朵的

狂野，和猫的慵懒

我不能重复使用，只有无数明亮

涌向我，给我风暴

无尽的彼岸

和群峰之上的孤绝

我的目光从窗口收回

落日收起了它的余晖

那么美的黄昏，我拥有整个窗口的巅峰。

# 空　阔

风比昨日更加柔和，从枝头
草间，到抽穗的麦田
它们用自己的秩序
排列出时节该有的模样
我听见它们在风中打鼾的声响
听见松软，静郁
和空阔的浩荡
从身旁直到远方
我的心也空阔起来
像一块麦田，或田里的麦穗
这让我想起，另一个相同的时辰
我和钓鱼的人，隔着湖水
和湖水之上清澈的倒影
我们都是流水的旁观者
被一柄钓竿，带到了世界的反面
那空阔仿佛触手可得
当我想起，我依旧是它们的一部分
在世界背面，和一条流水
互为倒影。

# 命　名

风起的声音很轻，槐花的香味也很轻
那么多纯白的色彩，覆盖在绿叶间
像从远处赶来的光，聚在了槐树枝上
我们在槐树旁的园子里给蔬菜锄草
女儿在菜地间的空隙里钻来钻去
她尚不能完全熟知这些蔬菜的名字
也许在孩子眼里
蒲公英和豆角没有区别
除草时我们本能地避开了这些
翅果菊、地丁、车前草
和开花的野苜蓿
女儿在给它们重新命名
安娜、爱莎、蓝妹妹和格格巫
她说等到秋天，它们会以新名字
结出果实。

# 月光之下

六月的夜晚被虫鸣抒写在草丛深处
我陪父亲，将白天从地里收回的大蒜
编成串，晾在屋檐下
木质屋檐，在夜晚显得格外寂静
而父亲的背影不再那么笔直
他已够不到屋檐下旧年的挂钩
当我站在木凳上挂起大蒜
父亲小心翼翼扶住凳子
像捧起一坛新鲜的稻米
后来，父亲改种白菜
那些推开院门就能看见的白菜
像夜晚撒落的星辰
安静地站在月光之下

# 栾 树

我的栾树，戴着火焰般的王冠在风中漫步
它藏起了它的种子和牙齿
唯有秋风，让它看起来醒目而真实
像万千音符，回到了自己的键盘
此刻，我，阳光，
和一只灰色的大熊在沙发上
分享咖啡的寂静
我们没有说话，也不需要被词语修饰
我们顺从季节和时钟
顺从命运的针线
将我们裁剪成一头熊的模样
当我们是只布偶
当我们只是一只布偶
我的栾树还在风中细数它的落叶，
金黄的落叶
带着劫数般的美，离我们而去。

# 雨的烟火气

初春的雨，在玻璃窗上摆弄着舞姿
我窝在沙发看书，我的猫挨着我
邻居家蒸包子的气味不时传进来
我喜欢这生活的烟火气
我的母亲也时常做包子
在农家大院的厨房里
父亲生火，母亲和面，剁馅
蒸出一锅热气腾腾的包子
那气味就像这样
是桌上的咖啡与面包所不能替代的
我沉醉在这些气味里
想象童年，我们围着母亲
母亲围着灶台
那种相互依偎的温暖，组成了我的生活
安静而美好的童年生活
在我人生的每一处闪着光亮。

# 春日记忆

黄刺玫开得漫山遍野的时候
我的外公正从田地归来
带来春日新生的刺芽和野香椿
外婆坐在门口，给一件淡蓝色衣服
缝制盘扣。这是记忆中的春天
我从苹果树下走过
外婆笑着，往我手里塞几颗糖
苹果花落在我头顶，也落在外婆头顶
风掀动她的头巾像一块蓝色的海
那里藏着我童年无限记忆
当我想起，蓝色依旧是我喜爱的澄明
像一汪泉水，或泉水上的星辰。

辑三　星辰与玫瑰

# 黄昏的迷迭香

黄昏，围着栅栏看紫藤花

我们用尽了赞美之词

和表情，在拍照间隙我们讨论樱桃

茶水和一个小女孩的眼睫毛

细长浓密的睫毛覆盖着泉水似的眼睛

仿佛潺潺音符回到它的曲谱

后来，我们坐在竹椅上

听鸟雀低唱，你翻开的书籍

是我昨日翻阅过的

那时刻天色微亮

玛丽安·摩尔正在编织一个

欢宴的花篮，我看见迷迭香

标枪似的绿叶变成了蓝色，我还没有

闻过它的气味，也许你闻到了

在书的扉页，我画了一枚细长的羽毛

现在，它也许是睫毛

也许是迷迭香。

# 蓝的玄学

花瓶里插满蓝色花朵，玻璃窗外
蓝色天空，映在蓝色的屋顶上
像一门玄学，轻轻装点午后的宁静
长尾喜鹊在院里的树枝上舞蹈
微风翻检过树叶，替它布满明亮的音符
而我还没有辽阔的键盘供一场大风
藏起蹒跚的舞步
是谁在我未曾到达的餐桌前，奏响蓝色舞曲
此刻，"森林弯腰对大地悄声细语"①
亲爱的索德格朗，我的院里没有星星碎片
我漂亮的姐妹们云朵般轻柔地穿过夜晚
星辰正亲吻她们的头顶
我抱紧了她们，想起天边银白色的飞鸟

---

① 出自伊迪特·伊蕾内·索德格朗《黑或白》。

# 初夏的傍晚

这是一天将尽的时刻，栅栏外的河流和群山
在夕光里安静下来，擦肩而过的风声
也有了柔和之意。
我和母亲在园子里，给豆角搭架
再将菜地里的野草一一清理
老槐树的叶片在我们头顶
形成浓密的绿，像一种赞美
从更高处落下。
这是值得赞美的时节
明亮的，迅速成长的植物在泥土上奔跑
我的手指触碰过一朵开花的蒲公英
我也需要一点色彩
在初夏的傍晚，明亮起来。

# 当我们回忆过去

那时候的母亲，有乌黑的辫子
不爱唠叨，背也挺得很直
她经常背着我，走很远的路
去另一个镇子赶集
那时候我们觉得星光就是大海
尽管我们都没有见过大海
当我们第一次站在老家的山顶上
落日余晖给我们披上薄薄的金纱
我们以为那也是海
它渗入我们的身体，又被山风缓缓吹起
我们回过神时，对四周的花草说
"你好，大海"
我们四周是野蔷薇
五味子、柴胡和忍冬。

# 赞美诗

光线从床单背面透过来
简单而明亮，柔和得恰到好处
你站在窗前修剪花枝
你将脸颊贴在床单上
淡淡的香气，是紫罗兰或蔷薇
分辨不清有什么关系
昨日细雨，带来春的消息
仿佛万物在春风里，做着流水的梦
远处是溪水和麦田
柳芽嫩绿，泥土松软
一整天，都有鸟鸣从远处传来

# 星辰与玫瑰

## ——致索德格朗

午后，阳光留在它的峭壁之上
果园里依旧有丰满的果实
我羡慕这成熟
羡慕远方、灯火和急驰的马匹
仿佛世界正从我的土地上路过

季节送给我水果、谷物和蔬菜
我的母亲已替我准备好谷仓和厨具
亲爱的索德格朗
我也拥抱过光秃的松树
和褐色土地
但我依然不知"如何面对爱情
孤独，以及死亡的面孔"①

那些睡梦中离我而去的
是豹子、火焰和大海
很多个夜晚
我藏起我的玫瑰与星辰

————————

① 出自伊迪特·伊蕾内·索德格朗《痛苦》。

我只醒着，听星辰掉落在玫瑰之上
听夜晚为每个人编织梦境
并将月光下的海螺
送回了自身的海滩。

# 经　过

是傍晚，一只鸟落在我头顶的电线杆上
清脆的叫声，在微风中翻动
远处是河流和草丛，牧羊人从那里走过
已经很少见到羊群了，即使是两三只
已经很少听见牧羊人歌唱了，即使是几句秦腔
此刻，我们在同一平行线上
相互经过，隔着河流、大桥
和一阵一阵的车声，它们长久地
占据着我的傍晚，这初秋的傍晚
是流水竖起的琴弦
它带来了鸟鸣，和山顶上正在翻滚的云朵
带来了牧羊人和他的羊群
从我的生活里，慢慢经过。

# 在乡下

中午时看见的几只野鸡

已没有了身影，只有麦田

和远远的山，在夕光里安静下来

金黄和浓绿，都有着让人迷恋的轮廓

风吹过我，平静和喧闹也不再那么明显

院墙上偶尔停留的鸟儿

送给我一片清脆的世界

我是幸福的人，在此刻

我的母亲，提着篮子从小路归来

她有一篮子的蔬菜

带给她即将回城的女儿

她头顶上，一群回巢的鸽子

正飞往夏天深处。

# 这一天

秋日已是挂在林间的水墨画
它属于我们，又不属于我们任何一个人
我站在窗前发呆，走神
看月季花，又长出新的花苞
当几只鸟雀落在电线杆上
完整的一天，便渐渐有了深邃的味道
像送进嘴里的蓝莓
我开始习惯这样的日子
习惯沉默和日渐增多的雨水
你也不说话，我们都很安静
好像这一天，什么事
都没有发生过

# 父亲种的树

院外的花谢了，院内的树
花却开得正好，那是父亲种下的樱桃树
开着白色的花儿，像一把伞
撑开我们头顶的阳光
我们总是先享用它的绿叶、白花
等到夏天，再享用它的红色果实
父亲种下的其实是期待，尽管期待
总是在远处，但我们依然相信
它从不会落空，在这期待之外
还有更多神秘的馈赠
比如在这树冠构成的小小风景里
站着，就是件幸福的事，不用担心
春天走得快了，不用担心
花瓣落在头顶，这盛衰荣枯
就如同爱抚——如同我们在某个
山顶升起的月光下相遇
那月光亲吻着我们，如同亲吻
摇篮中熟睡的婴儿

# 寂　静

傍晚从水塘边回来
云朵在天上，被薄薄的光照着
鸟鸣和鸟鸣之间，一些柳树
和一些白杨之间
留出一片绿茵茵的天地，那种绿
让心从轻微的燥热回归平静
仿佛这一切都是为了安抚心灵
或者安抚一块裸露已久的石头
带给它简单的色调，和风起时细小的波浪
我喜欢在那片绿荫下，和一块石头相互靠近
想象它从细沙走到石头的距离
那么久远的时间里，太阳金黄
而一匹马将自己的影子
驮到很远的地方

# 鸟　鸣

这几天清晨，总有一只鸟按时
在窗外发出"布谷布谷"的声音
这期间还有别的鸟叫声，清脆而纤细
似一场合奏。我仔细聆听着这些声响
像红草莓亲吻孩童的嘴唇
或者秋日，轻轻落地的橡果
母亲说，她儿时在老家的竹园里
也听过这样鲜活的叫声
"叫声里有竹叶的香气"。
我想象母亲在竹园时的情景
和她头顶飞翔的鸟儿
那些我不曾经历的美好
正将我带往一片向往之地
后来，叫声停了
我们静静地站着，像一片竹林
在等待它的鸟鸣。

# 天空和蜡烛

我们心照不宣地谈论同一种景致
这种默契掺和了叶片落地的声响
像一张年久失修的蛛网
那些读不出也未曾写下的词语
是谦卑的糖果，被纸质夺走了所有炫目
我在落雨的黄昏等一封回信
悬铃木和蜀葵在我头顶和身旁
布满扑朔迷离的局
这是谁想要的黄昏，在没有夕光的地方
雨水折断了它的琴弦
一匹马还在香樟树下游走
它眼里的火焰，是天空缺失的蜡烛
被风吹落到我身边
我看见一片蓝色天空和一支蜡烛
谈论飞翔的惊喜
他们的修辞
在黄昏的词汇中，慢慢展开。

# 九月与蓝

九月的云朵，像故乡纯白的烟火
被路过的风声赶往秋日深处
羊群和牧人埋首于墨绿色的山坡上
季节步入中年，微风轻易就带走了
枝头低垂的雀鸟
我想给这样的午后，写一首小诗
让庭院里枯萎的花草，重新回到纸上
我的外婆也曾在这样的午后
坐在门墩上缝衣服，她蓝色的头巾和衣服
不停触碰我童年的记忆，像她口袋里
掏出的糖果，和起风后
包到我头上的蓝色头巾
它们曾经共同为我的童年设定着色彩
像我见过的，最澄明的光芒。

# 春　日

阳光暖暖地照在地板上
长寿花开得好看，像一个美人儿
在阳光里尽情释放着青春
我将几盆多肉，搬到阳光浓密的地方
它们将和我一起享受这份温暖
并在毛茸茸的生活里
承接生活的烟火气
母亲烙饼的味道已在家里弥漫开来
今天是腊月二十三
老家有吃烙饼的习俗
这么多年，我们依旧保持着这一习惯
想起小时候，每次围着灶台等饼出锅
母亲总把最大的那一块留给父亲
而今年，也不例外
虽然没有木质锅盖和水泥灶台
我们依然能从这份熟悉的味觉里
找回生活的存在感
像此刻，月季嫩芽
在阳光下谱写的春日序曲。

# 爱

这些天，我总忙于我的工作

傍晚时看见窗台上的花，茉莉和水仙已经凋落

吊兰灰白色的叶片，在花盆中耷拉着脑袋

我想起之前给它们换土时的情景

那是三月，阳光和风都很柔软

像楼底下我经常遇见的年轻母亲

她抱着她的婴儿，给他轻轻歌唱

现在，我需要重新给这些植物培土，浇水

那个小小的婴儿，也开始咿咿呀呀回应着母亲

我想不起这两者之间的关联

但我每次浇水，总能想起他们

想起夕阳下，柔和而温驯的情景

就像春天，爱和成长。

# 关于母亲

母亲还不能完全认识阳台上的花草
但她会按时浇水，料理
在光影间挪动它们的位置

她喜欢讲花草的事情给我们
像是在说一个孩子，或者是
一首尚待修改的诗句

我试图用更好的词语去形容它们
发现只有母亲的话语，是最为质朴的美意

我熟识的、陌生的花草
在母亲的料理下，格外精神

她也曾在缝纫机前，认真地料理过一块丝绸
后来变成了女儿身上，最美的旗袍。

# 金黄的哲学

老槐树和梧桐在风中
探讨着初秋金黄的哲学

灰色雀鸟在它们之间
练习瑜伽的快动作

河流和麦田，在一种无限安静里
沉寂下来，仿佛有事物缓慢生长
或凋敝

微风在我们周围修炼密语
使夕光有种闪烁的孤独

这尘间比早晨更让人觉得亲切
有母亲烙葱花饼的味道
有父亲煮茶水的味道

仿佛每一寸时间，都是我们用生活
轻轻擦拭过，如果还有空缺

那便是夜晚，即将带来的辽阔的星辰
和星辰下，无尽的梦境。

# 静

风从它的慢动作里带给我间歇性的回忆
冬天已经很深了，还是没有雪
我们谈论着一些可爱的话题
粉色的地毯上放着刚刚翻过一半的书
我深信我们的言语，胜过任何书本的文字
就像你坚信，我们的声音藏着星星和云朵
这难得的平静，雨雪或者阳光
并不能带来什么改变
我们喜欢平静，并在平静中柔软地活着
而时间，还在继续往前走
房间里新买的花枝，使生活变得愉悦
已经没有过高的奢望，我们
在那个午后，有了花朵的气息

# 清　晨

清晨，我的母亲拎着篮子出门
那时候我还在梦中。当我醒来
我看见新鲜的蔬菜，摆在桌上
西红柿和黄瓜上，小小的水珠还在
豆角细长，而茄子紫色的皮肤
高贵又充满善意。这些都是父母种下的蔬菜
在一小片土地上，我也曾经站在那里
和他们一起，给蔬菜浇水
有时会有几朵小野花，长在其中
我们并没有把它们除去
现在也是。

# 鸟

在干净的水塘旁
我看见一只鸟，落在地上
不时啄食着什么，它并没有
因为我的到来而恐惧
我站在原地，和落叶、栅栏一起
被夕光斜斜地穿过。黄昏持续后退
夏天就要结束了，下个季节
有什么新的事情发生
我不知道，风吹得很轻的时候
我在夏天的原地上，站了一会儿
和一只鸟，有过短暂对视。

# 绽　放

是初秋，我听见飘浮在枝叶之间的风
翻过松果和青苔，带着温和的气息
落在河边的草丛里。草丛因为浓密而生出
黄绿色的波浪。这是万物
醒着的时刻，时间走在自己的路上
我站在河边，我是这片景色的局外人
它们完美的有秩序的寂静
像琴声，落在傍晚的键盘
树木已经开始落叶，一棵柳树聚集的萧条
足以为一次漫长的凋敝拉开帷幕
我喜欢这样清晰地看见
它们在我周围，填补着我缓慢的生活
而此刻，天还没有暗下去
我看见身旁的藤蔓下，黄色的小野菊
仰着好看的脸
保持着一种尊贵的绽放

# 假　想

星星升起在夜晚的山坡上
而窗外，月光恰好变得炫目而安静
我的浅绿色的窗帘
透着柔和的光，在褐色的地板上面摆动
多美好的夜晚，虫鸣不会打扰
也没有花朵要在此刻绽放
我守着我的世界，它是一只繁盛的篮子
我在那里读到我的生活，不需要刻意改变的生活
光滑而舒适，落满饱满的橡子
我喜欢它在夜晚，不时递给我一些词语
让我看见，飞鸟、大海和海上幽静的云朵
应该还有别的，像我梦里的一杯甜咖啡
或者是白衬衣上，墨绿色的纽扣。

# 致普拉斯

我也会在三月的日子里，满心欢愉接受
园子里扑眼而来的明艳，那些美好的光线
将黄昏晕染成金黄色，树木在浅蓝的
天空下行走，这些纯粹的颜色
组成了我的生活。我喜欢在黄昏时的
园门口静坐，等待星辰升起
白色栅栏点缀在寂静的角落里
亲爱的普拉斯
当我在它们中间行走
我也不是花圃中一朵美丽的花
我看见蹭过我脚踝的草丛，不停修补
我和季节的空隙
让我相信快乐也是一种填补
相信你"满手的音符像气球一样升起"①。

---

① 出自西尔维娅·普拉斯《晨歌》。

# 音　符

时间将我和一些日子变成旧事物

只有夜晚是新鲜的，像我头顶年轻的星辰

和远处的海。我在这样安静的时刻醒来

我的梦也是新鲜的，带着迷蒙的逻辑

将我包围，我知道梦中的事物

已离我很远了，而屋外

秩序依然伫立

梧桐渐渐老去，美人蕉已卸下浓稠的火焰

我醒着，我是它们中的一个

被夜晚按进口袋，似乎走了很远

又仿佛刚刚归来。

后来，一些轻微的雨声落在窗外

这些新鲜而恒久的事物，在沉寂中弹奏着

自己的音符，或许

我们也终会归于这些音符

在一个沉沉的夜，将自己轻轻弹奏。

# 晨

这是早晨，阳光从院外探进来
母亲在水池边洗菜
父亲给葡萄修剪藤蔓
一种温馨和寂静围绕着我
我感到了生活的淡然和从容
在这里，我爱着我眼睛能看见的东西
它们藏着我未知的广阔和远方
在这里，我做回了自己
早晨或傍晚，接过天空倾巢而出的蓝
它们的安静和喧闹，不会让我感到孤独
即使是一只高高的鸟巢
也用它的形状，为我的耳朵
塑起天空的声响。我时常
在这些造物主塑造的形状里沉迷
借用它们的时间，经历着被雨水滴落的生活
重叠而无序的雨水，一颗一颗修补着我
年岁的薄弱之处。

# "我的灵魂是天空浅蓝色的衣裳"①

我们不再需要玫瑰、欲望

或者一杯甜酒，我们行走在褐色的土地上

踩过春天，淡淡的香气

紫罗兰和云杉，抚摸过阳光的羽翼

饱满而平静，你知道

春天在散发它的魅力

没有一株植物能够阻挡

当我们走过满是香气的土地

我们也镶满了季节的油彩

那些在梦中遗弃的事物，也许会继续遗弃

如果在梦中，我的灵魂认出了他

他可能是纷纷凋落的叶片，或者是我

迷雾中越过的，浅蓝色的海岸线。

---

① 出自伊迪特·伊蕾内·索德格朗《爱》。

# 年轻的星辰

我要穿着麻纱衬衣走过斯卡布罗集市，去寻找
迷迭香和鼠尾草般的爱情。
我喜欢椴树下白色的鸟儿，像一场纯洁的雪
落在我周围，它们会在秋日里按时唤醒我
给我云朵和果实，给我长长的邮轮和橡果
在我白窗帘尚未拉开之前
白色的房间散发着百里香的气味
像落进梦里的星辰
依旧年轻的星辰如瓷器般温柔
以至于一整晚我都听见了它们
在斯卡布罗集市的歌唱
听见一轮圆月将自己缓缓放入湖面
细小的水珠，打湿了正在绽放的玫瑰。

# 在某个清晨我想到我会活到永恒

是的，我想永恒
在某个清晨，我蓝色的床单和被套
落满了星辰的味道
它们在我的身体里沉睡，而我
醒着，像一株挂满露水的青草
如果鸟鸣眷顾我，如果风
裹进了我的身体，我便从喜欢的梦境中
醒来。阳光会像昨日那样
慵懒而平静
我也是。当我步入中年
我开始相信命运和不公
相信阳光的永恒，相信夜晚
星辰和年轻的生命
继续年轻着。

辑四　晚冬的月亮

# 看 雪

还是第一次，我和你站在雪地里
这么晚，这么安静
雪落在你的头发上、红围巾上
你捧着它们，你咯咯地笑
身后是路灯、树枝和你的小脚印
从楼下一直到广场边
已经没有行人经过
这苍凉的时刻
只有我们，只有雪
还在完成它的一生，从升起到散落
从一道光到另一道光，轻轻相遇

# 蓝

一直对蓝色，存有敬畏之心
很多年，都不敢吃外婆生前种下的石榴
我害怕果实也有着恬静的蓝
即使在梦里都可以看见
她侍弄花草，低头给家人做衣服的情景
这个大户人家最小的闺女，终身穿蓝布衣
浅蓝或深蓝。戴白色头巾
永远干净，像我看见过最澄明的水
当我再次从梦里，试探着把更多的花搬到阴凉处
外婆并没有跟在我身后，她沉睡在那个冬天的夜晚
被一场大雪覆盖

# 致十一月末在原野

我的围巾，包裹着我幼年的脸
在冬天，土地变硬的时候
走过同样荒凉的原野
没有橡果、白蜡树和土拨鼠的原野上
一棵杨树干枯的枝条，靠在另一棵杨树枝上
麻雀低飞在田地间
已经没有散落的粮食，甚至没有草籽
西北风从河道吹来，带来厚厚的冰层
和凛冽的呼啸声
人们在屋子里，用炭火取暖
而夜晚，变得越来越长
很多次，看到木窗外慢慢升起的月光
和地上冰冷、纯粹的雪
我知道，我也没有任何要去祷告的事情了。

# 初冬，初冬

夕光明亮的好看，使凋敝的
落寞的树木，更有空旷的意味
想起这个初冬，和以往没有什么不同
就欣欣然欢快起来
有时候欢快也是好看的
小雪后的几天，山顶幽幽地白着
暖气房里各色花儿静静开着
万物都慢得可爱，像一个精致的人儿
被夕光一点点包围
你可以踩着碎叶子，缓缓走
可以在心里，低低喊一个人的名字
想到他，就会想到
这薄薄的初冬，鹅黄色的温暖

## 方形梦境

后来，在很深的夜里

我看过一枚月亮的孤独

像白色棒针，在我们之间来回

编织着什么。那一定是

我们共同拥有的东西

不是世界、郁金香和长尾鹦鹉

你想象自己是尊女神

我还不是。

当我看月亮的时候

一只非洲大猫正蹭着我的脚腕

这毛茸茸的安静，让我也可爱起来

我抱起它，"我看见月亮将一只手

放在了你额头，你面无表情

却散发着香气般的苍白"。①

我喜欢那苍白

像绸缎。

有风的质感、落日的颜色。

我在梦里拼凑过。

波浪状的，方形。

---

① 出自西尔维娅·普拉斯《贫瘠的女人》。

# 病　中

小半天时间，我坐在阳台

看飞起来的雪花

走过的行人，仿佛沉睡的海鸟

被路灯再次点亮

四周是冰冻后的沉寂

有空旷的悲怆感

我知道，接下来

在这些空旷里

我将受困于

看起来并不严重的病症

并接受它带来的疼痛和不适

我的母亲，在厨房准备晚餐

像任何时候一样勤劳、静默

而窗外，雪还在下

细小的粉末，不断从远处

向我靠近

# 致《雪国》


这个午后，我们也需要一些雪

需要长长列车带来的空荡荡光阴

我们的雪国就在那儿，岛村泛红的脸颊

正望着灯火下驹子微微闪亮的双眼

我们的整个冬日就从一樽酒开始

听失眠的小女子"轻轻抬起头，用小拇指

把鬓发撩了撩，只说了一句：多悲伤啊"。

然后是屋檐滴落下来的轻轻的水声

是檐前的小冰柱闪着可爱的亮光

我们安静地坐着，不讨论光阴和爱情

落雪是多么难得的事

我们和雪一样孤独，尽管都已面容苍老

而窗外，无尽的白色

正匆匆走过

# 晾晒场的夜晚

夏天的夜晚，二妈喜欢坐在晾晒场上讲故事
她一边用麦草编着长长的草辫子
一边讲着各种稀奇古怪的故事

孩子们围着她，大人们也围着她
讲到可怕或激动的地方
孩子们会发出惊讶的叫声
顺着晾晒场轻快地跑

那时没有路灯
月光和星辰清晰得仿佛可以触摸
等二妈讲完了故事，我们就静静坐着

听晾晒场周围，传来一阵一阵的鸟叫
那样的夜晚，二妈有永远编不完的麦草
讲不完的故事

像月光、鸟鸣
和四周无止境的，微微的风

## 在窗前看书

窗外是割草机的声响
从早晨八点钟开始
轰鸣声夹杂着泥草的味道不时传来
以至于声音停一次
我就会抬头望一次窗外
邻居家的丝瓜架高过了栅栏
一大片拥挤的绿色中夹杂着几朵黄花
没来由地让人欢喜
月季还在开花，浓郁的红色
一整簇一整簇在院墙边相互折叠，绽放
像接纳过整晚的夜色
而积攒出的怒放的力量
我忘记这是第几次这样往外看
这样纯粹地，平和地去看几朵花
不知道那些花落了，我会不会这样看看落叶
看看那些慢慢落下来的，无尘的雪。

# 晚冬的月亮

雪后的夜晚，我看见了它

那么清朗的明亮，在我窗外

柔和地安静着

像诗人刚刚写出的一个心爱的词语

或者午夜时祥和的梦境

我想到忍冬、灰色的灌木丛

想到雪落后浩荡的沉寂

亲爱的月亮

当你还不是一轮满月

当我还是一个稚嫩的孩童

我在落满白雪的院子里仰望过你

那时候我们都还很年轻

我们都有自己仰视的天空，和天空下

绽放的四季蔷薇。后来

当我成为一个母亲

我像一场将落未落的雪

为周围颤抖的风声，关上了门窗。

# 黄　昏

黄昏，雨夹雪按时到来
你听见一种降落覆盖在另一种
降落之上。像接替，像一种清晰的沉寂
打破了原有的寂静，你分辨不出它们的差距
草木枯萎的时刻，穿过生活的词调
也仿佛改变了行程。你接过母亲煮好的鸡蛋醪糟
这古老的饮食，只有母亲才能煮出它
固有的味道，也只有母亲
记得你不喜甜食，却独喜这份清甜
后来，窗外只有雪落下来
你靠着暖气翻一本书，母亲坐在沙发上
缝一条蓝色的围裙，用你旧衣裙改成的围裙
母亲说，它的裙角需要绣一朵小花。

# 白　描

这些风的衣裳、云朵的衣裳

在阳光下堆积成山，白杨树在盛大的黄昏里

投下完美的影子。流动的湖水和流动的蝶

正在风中寻找双翅，远处

丛林缓缓走来，树枝上的灰雀是丛林跳跃的言语

我们站着，听虫鸣从麦地里缓缓传来

一种鸣叫便是一种追逐吗？

当我靠近你，我们便是这追逐之外的寂静

和草木达成难得的静默。

后来，虫鸣安静

只有星辰和高悬的月，成为夜晚

唯一的壁纸。

# 醒　来

风起的声音很轻，黎明前的黑暗也很轻

你醒着，你是自身的窄门

你以为白天静止的事物，晚间依然静止

当你闻到百合花的气味

你改变了自己的想法

你想到绽放、凋敝

想到星辰之上永恒的宁静

和不需要逻辑的梦境

你看见白天用纸片折飞机的孩子

轻快地从你梦里跑过

而幼年的自己，纸飞机

还没有飞起来。看见麦草垛

羊群，和场院上剥玉米的外婆

你想用彩色镜头

接住这些远去的黑白底片

而 "醒来是一次跃出梦境的跳伞"①

你举着梦境，想到院外

高高的鸟巢。

---

① 出自托马斯·特朗斯特罗姆《序曲》。

# 等待的日子

冬天悬而未落，似一颗沉默的橡子
鸟儿在几棵栾树之间，留下唧唧的几声
像藏着缝隙的犹豫
十一月末，月季已经不开花了
削去皮的柿子，在屋檐下等待薄霜
这是适合等待的日子
你剥开橘子，将第一瓣
放入心爱之人手中
熟识的味道总是可爱得让人欢喜
你羡慕这些味道，像永恒契约
穿过风雪走进你内心
而冬日依旧有安静的石头，和玫瑰色薄雾
有灯芯绒般的星辰，镶嵌在大海之上。

# 夜晚的记忆

当天鹅绒般的星辰，在初夏夜空里
拨弄自己手指时
我的父亲正从工地回来
坐在门口的石墩上拍鞋上的土
母亲做好晚餐后，在微黄的灯光下
做衣服。那是极为温馨的记忆
行至中年，我依旧记得那盏灯火
和院门外的星光
我不止一次描绘过它们
像描绘故人
后来，我努力接近它
接近生活、流水和星辰
直到它们成为我生活的一部分时
我在灯下看书，孩子在我身旁
弹奏钢琴。这是我想要的夜晚
我的星辰落在它的流水之上。

# 所　遇

我见过蝴蝶落在紫云英上的美好

听过风声停在油菜花田上的稍纵即逝

那些凌乱的美，不时冲撞我的眼睛

当我帮母亲将蔬菜种子撒入泥土

我知道成长也是一种艺术

看见的和不被看见的成长

在春日交换着秘密

当天空再一次将雨水递给我

这些奔跑的精灵纯粹得让人猝不及防

我羡慕成长所遇见的丰饶

羡慕雨水、嫩芽和一只踱步的白鹭

我的蔷薇也在发芽

季节给它们预备了年轻和美貌

我需要坐下来，需要平静

并在平静中接过它们，这些季节的女儿

满是时间风暴

# 看　花

认真看一棵树是什么时候

是春日夜晚，一棵开满花朵的老桐树

在月光下隐隐灼灼地明亮着

我们经过它时，借用了它的香气

和盛满月光的修辞

我们还不曾这般，粗狂而神秘

轻易就燃起自身的火焰

当月光从头顶洒下

柔和的紫色，带着并不清寂的影子

越过了墙角的院门

这是一棵老树的所有家产

每年春天，交付我们漫天花束

院门内就是家了，我的母亲也一定看过

这样的夜，这样的树

当她还是个孩子，她的夜晚

也曾落满桐花，像此刻的月光

月光下可口的晚餐。

# 夜　读

夜晚，我和索德格朗

在一本诗集中相遇

我们不探讨如何去见上帝

也没有怀疑星辰的光芒

只安静坐着

看一只红尾鸟从花楸树上飞出

打翻的星辰，在井边静静躺着

我们热爱春天和花朵

看它们在褐色大地上起舞

像永恒的色彩，正从我们裙角升起

我们握住了它，如同握着爱情的褶皱

一些波浪从遥远的地方走来

带来薄雾、喧嚣和隐匿的明亮

那时刻，我们都是沉默者

只在月光下独坐

我们的内心也没有一万个旋涡

来置换未曾说出的词语

现在，夜晚给了它们很好的位置

当我们重新回到一首诗里。

# 那些白色的花

这是夏初，云朵在山坡上
竖立成风的羽翼
我们周围，槐树正在开花
细长的枝条不时变换着鸟鸣
这一次，我没有细看那些开花的树
尽管浓郁的气息一次次扑面而来
在之前，很多个春天里
姑姑总会按时给我备好槐花麦饭
槐花饺子和花蜜
我知道之后的日子，再也不能无条件地
拥有它们了。突然想离一棵树远远的
离那些白色远远的
可它们那么近，几乎刺疼了我的双眼
当我从山坡下来，那么多槐树正在开花
姑姑去世后，我再也没有写过它们。

# 有　寄

傍晚，几只蓝色的鸟从我身旁飞过
细长的尾翼像打开的折扇
我还没有向你提及。我们说到蓝色
通透的澄明，藏有不可触碰的清寂
说到我也曾在山顶，看世界削尽了草木
一块沉默完整地隐藏在自身的最高处
我内心住着自己看不见的神明
而你生活在太阳的反面
与人世隔着一头老虎
我们都有自己的蔷薇，在很多个春日
点燃时节风暴
现在，我们在同一处风景中行走
那些小路，将我们分开又聚集
一定有什么，指引我们来到此处
一定有什么将我们定格在这里
让我们完美，又不复存在。

# 失　眠

这是星辰醒着的时刻
我的路离开了我的双脚
我的鸟群也变换着飞翔的姿势
夜晚说绿叶是片漏洞，只传递露珠和
薄霜。我听见水流一直嘀嗒着
那些不曾被我听见的声响
黑夜将它交给了豹子、马群
和大海。此刻
失眠的风在院落漫步
带翅膀的梦境也离我很远
我醒着，竹林和大海也醒着
月光照过它们头顶，将最为明亮的部分
送给了一棵美人松。
我的母亲已睡着了，轻微的鼾声覆盖过
风的裙角。

# 阳光、钢琴和你

我们谈论美好的事物
谈论花瓣、露水和跳跃的键盘
我们说到明亮,十一月的阳光
正窝在我的沙发上
和布偶熊一起,对着沙发前的紫菊花发呆
这些都是美好的,我还没有向你提及
窗外正飘来琴音
我听见琴音和风声隐约的合鸣
多么美好
我的心情是方形的,而片刻欢喜
轻易就抹去了它的边角
柔软也是瞬间的事情
此刻,阳光温暖得不动声色
亲爱,你看
"美丽的小孩在吃覆盆子"。①

---

① 出自清少纳言《枕草子》。

# 在九月

在九月，每一片云都是山的更高处
每一片芦苇丛，都像风的左右天使
当我们从山坡下来
细细虫鸣勾勒着山谷幽静的辽阔
山谷重新归纳了自己的植被
从花朵繁茂到果实繁茂
一种弥补完整地代替着花朵的位置
这是成熟的季节，成熟多好
像恰当的词语回到它应有的诗行
我们与牧羊人擦肩而过
他嘹亮的歌声，让我们以为自己也是羊群
被生活放养在时节的每一处
直到晨曦将我们点亮
花朵向我们伸出柔软的花瓣
我们内心也在此刻柔软起来
载满果实
谷物和丰盈的欢愉。

# 回　声

走过时，我看见草丛中橡子
和风的舞蹈，看见更多落叶
倾尽全力奔赴地面
因为轻快，而显得生机勃勃
那时候，还没有一片真正的海
从我记忆深处游走
只有西北的风声不停在我耳边游走
夕光、薄雾不时碰撞松柏
细长的苍翠
直到我的想象变得贫瘠
堆满层层落叶。那是巨大静默
和空寂相互交叉的时刻
我在院落看见一棵树的凋敝
看见阳光缓缓照过来
带着碎玻璃般的
裂纹，将母亲的影子拉长
她在挑拣收割后的豆类
这些新鲜的作物，让整个季节
沾满沉甸甸的回声。

# 傍　晚

傍晚清凉，我们在院子里烤肉
煮茶水，月亮在头顶待着
像一枚羽毛，顺从了风的意向
我们有四五次说到姑姑
她已去世两个多月了
我们尽量让语气变得平静
让父亲听起来不那么悲伤
也说到院外，油菜花布满田野
这片明黄色海洋被春日赠予了
夺目和美好，不再需要修饰
后来，我们都沉默
只有挖掘机还在不远处修缮河堤
从早晨到深夜，不知疲倦。

# 有时候

有时候日子完整得像未曾剥皮的橘子
或是橘子未采摘时的模样
我写下诗句，也被诗句写下
我时常在诗句里停顿
语言转折带来的空气间的小回旋
使日常叙述多了几分趣事
也会在落雪的傍晚，和父母围着火炉
烤红薯和土豆，也炖白菜豆腐
父母晚年的生活简单有序，仿佛抬头
就能看见蓝天和云朵
我喜欢这样的生活，如果我的老年
也是这般，我需要提前给自己备好火炉
备好可以一起坐下来的人
再备好一场雪，不紧不慢落着
在窗外，在我们内心。

# 永恒的巢

茶花在开，蔷薇和月季也郁郁葱葱起来
整个早晨，一只灰雀在杨树和地面之间
来回穿梭，春天了
它想要建造自己的房子
我不忍心经过它，这静谧的忙碌
正被一只雀鸟带往高处

快下雨的早晨，四周有灰蒙蒙的质感
远处的山里还在落雪，季节分明的落差
给生活带来更为清晰的印记
我想起，我也曾无数次
从这棵树下走过
也曾抬头看见别的鸟儿
如这只灰雀般忙碌，像极了我的父母
无数的父母。

## 他在我的远处

他在我的远处，提一条河流
在夜间奔走，有时也在山顶
与风交谈草木的稀疏
直到黎明穿过草地，带回一掬露水
他回到他的城堡，整理星辰留下的石头
那是初夏，蝴蝶的翅膀扬起夏日
独有的纹路，我看见了它们的轻快
看见他穿过轻快走到我面前
给我夏日的树冠和褐色土地
然后，同一匹马探讨青草的气味
那时阳光正落在他身后
一棵夹竹桃在开自己的花朵
我们像它的两片叶子
充满甜蜜的药性。

# 极好的日子

那是秋天，我还没有去遥远的地方居住
还没有写下一首关于爱情的诗
我的夜晚只有长满槐树的晾晒场上
不知名鸟儿的鸣叫
只有满月掉下它羽毛般的明亮
我以为这便是极好的日子
是玫瑰和蝴蝶，一起倾听风声的诗
很多年后，当我重新站在这里
像一个真正的孩童，我在宽大的夜里
等一轮明月照下来
挨着正在落叶的老槐树
它数它的叶子，我拥抱我的月光。

# 坐在地上读书

坐在地上读书

安静的夜晚的地板上

身体的云在这时，纷纷涌现出来

带来木头、水和琴声

我不是它们中的一个

我只是一个音符

或一块青苔

我四周有无穷的海、群山

群山之上的闪电

它们带给我玫瑰和透明的雪

像秋日山坡般丰饶

我的果园，正在成长

堆积着阳光和水

不远处的橡树

也在午后轻数着自己的果实

还没到秋日，我还不能捡拾它们

只有耳朵，不时触碰过一些虫鸣

低低的、好听的虫鸣

像夜晚开出的花朵

我想起了什么往事

我不能确定

夏日的夜晚这样好，我坐在它们中间

我已交出了自己的耳朵。

# 我用蓝色的天空和灵魂偏爱诗歌

龙　少

　　春日清晨，总有几声鸟鸣从窗外传来，我不知道是什么鸟，它们清脆的鸣叫像夜晚留在天空的星辰。我猜想，落在桃花上的鸟鸣，肯定比落在杏花上面的要甜一些，为此，我在雨后的晨曦里仔细闻过几朵花的香气，它们有我想象的清甜，和清甜中微微的苦涩。

　　我将这清甜和苦涩都想象成诗歌中优美的词语，在浅蓝色的天空下，被鸟鸣轻轻擦拭，如果晨曦中静止的树木是诗，我愿意在这片刻的静止里，陪一棵树听听风声；如果午夜闪烁的星辰是诗，我愿意在星辰下，端详一滴不肯睡去的水珠。

　　我爱着诗歌给我的感觉，像辛波斯卡爱着华尔塔河沿岸的橡树。而事实上我一直想爱得更深一点，爱橡树上一片翻动的叶子。我曾在夜晚的雨水中细细地聆听雨声，聆听无止境的重复和重复过后深深的安静，我喜欢那种重复和安静，我以为我未曾写出的诗句也存在于这些事物中，等我将它们搬进我的诗句中，成为某个具体的存在之诗。

　　吉尔伯特说，"我相信诗所处理的就是人生，我的人生。它使我的人生更完满，而且帮我找出我必须走下去的方向。"一直以来我的诗歌是我人生另一种真实的存在，是我现实生活和精神生活的合二为一，写诗使我的人生完满，仿佛一种归宿与远方。

我曾不止一次问自己，好的诗歌应该是什么样子的，或者好的诗人应该写出什么样的诗歌？但我没有想到一个具体而唯一的答案。或许我更迷恋一种此在生活的唯一性和真实性，此在生活喂养了我的诗，诗歌提升和指引着生活。生活和诗，是我人生的两翼，生活让我沉重地向下，从厚土人情中体验生活的重力；诗歌带领我飞升，让我可以超越庸常的生活，获得一种挣脱万有引力的飞翔的自由和幸福。

希尼在他的一首诗里写道："我写诗是为了照见自己，为了使黑暗发出回声。"我在写作中努力使自己的作品更加真实，唯有真实才能更好地照见自己，使黑暗发出回声，发现另一个自己和自己寻求中的世界与远方。它们可能不是具体的存在，而像一次宁静的停顿，或者纯粹的悲喜。

当然，诗歌写作不应该只是简单的呈现某件事情，它是以空间的宽度和时间的广度来书写某些事物和艺术，可能是超现实主义的，也可能是象征主义的，但它能非常自然地去处理现实的题材，就像我喜欢的美国诗人詹姆斯·赖特，有时候我认为他故意避免一种宏大的写作，以非常平实的语言来写作身边的事物，但又能把诗歌写作技巧表现得异常生动，在我看来，他是各种经验的综合体，集合了众多技能的优点，但只是发挥了针尖上最闪亮、最极致的那部分，而这也是我的全部写作目标与写作追求。

我喜欢索德格朗的诗歌，在很长的一段时间里我被她的诗句所吸引，我甚至希望也可以是一个拥有浅蓝色天空和灵魂的诗人，我深知她所经历的战争、疾病等苦难是我所不曾经历过的，但她内心的宁静、自由和快乐是我所向往的，在她的世界里，一切活着，一切都有存在的意义，我不确定这是不是一种精神维度的写作方式，但我从中知道了如何以简单的修辞方式来表达对人和事物的纯粹的情感和方法。我常常想起小时候，跟在放羊的外公身后，爬过故乡高高的山顶，那是我第一次在山顶眺望远方，那些美而浩荡的景色、宽阔的视野和突然舒展的心境让我震撼，许多年之后那些创世般的少年经历在回想的寂静中反复生长，那仿佛是大自然谱写的诗歌，真实而博大，又将每一株草木都精细地雕琢到了极致，那些美，那些我一直无法描述的震撼，潜藏在我的内心深处，我渴望我的文字能将它们描述出来，即使是几声鸟鸣，几株和少年的我差不多齐肩的野草，或者是落在我头顶的晨光。

吉尔伯特在诗中写道：玫瑰凋落的声音让我一直醒着。我曾在落雨的午后反复细读这句诗，沉浸在他"美得让人揪心的纯粹"里，感受"是悲伤之爱的闪光，为这个偶然的、受伤的世界而闪现"。我时常沉浸在这些大诗人们的诗句间，感受诗歌和语言的魅力。生活中，我喜欢孤独时的安宁与平静。我时常希望我的文字也是宁静的，尽管它那么单薄，还稍显稚嫩。诗是孤独者的梦呓，诗是最好的陪伴者和倾听者。从人生的角度而言，诗对我的回馈是巨大的，而我回馈给诗的，却是那么的少。我一直想写出更优秀的诗歌，因为它们就在我的生活里，就在我的梦想中。

感谢诗歌，让我的远方有了归途；感谢在写作过程中帮助和指引我的人，是他们，让我更好地爱上了诗歌，爱上了这种表达方式和语言，想长久、纯粹地坚持下去。在诗歌里，我度过了属于自己的另一种时光，或者是，我和另一个自己在诗歌里相遇。她们不用寒暄，就彼此熟识。像故人，带着柔软的爱意，轻敲你的窗台。菲利普·雅各泰在《声音》的结尾写道：谁在那儿歌唱/当我们的灯熄灭/没有人知道/只有那颗心能听见/那颗既不想占有也不追求胜利的心。对于我来说，写作之外我更喜欢以敬畏和平常交织的心态独对诗歌，我写出了自己的真实，和这个真实世界的镜像魔力，我宁静而认真地写着，热爱着，像天空，像天空下浅蓝色的灵魂和衣裳。

当某一天，重新翻看自己的诗歌，还好，我还在，我的文字还在。我爱过它们，并从中得到它们的爱。我们共同爱着这个世界，像一行诗句，或者诗句中一次完美的停顿。

辛波斯卡说："我偏爱写诗的荒谬，胜过不写诗的荒谬。"

是的，我偏爱诗。

图书在版编目（CIP）数据

星辰与玫瑰 / 龙少著. -- 武汉：长江文艺出版社，
2023.1
（第 38 届青春诗会诗丛）
ISBN 978-7-5702-2899-7

Ⅰ. ①星… Ⅱ. ①龙… Ⅲ. ①诗集－中国－当代
Ⅳ. ①I227

中国版本图书馆 CIP 数据核字（2022）第 165355 号

星辰与玫瑰
XINGCHEN YU MEIGUI

———————————————————————————————

特约编辑：符　力
责任编辑：王成晨　　　　　　　　责任校对：毛季慧
封面设计：张致远　　　　　　　　责任印制：邱　莉　　王光兴

———————————————————————————————

出版：　长江出版传媒　长江文艺出版社

地址：武汉市雄楚大街 268 号　　　邮编：430070
发行：长江文艺出版社
http://www.cjlap.com
印刷：湖北新华印务有限公司

———————————————————————————————

开本：880 毫米×1230 毫米　　1/32　　印张：4.625　　插页：4 页
版次：2023 年 1 月第 1 版　　　　2023 年 1 月第 1 次印刷
行数：2772 行

———————————————————————————————

定价：52.00 元

———————————————————————————————